# 完美客厅三部曲之

# 主题旋律——整体设计

中国建筑与室内设计师网
骁毅文化　　组织编写

化学工业出版社

·北京·

为本书提供图片资料的中国建筑与室内设计师网（www.china-designer.com）会员设计师、设计单位有（排名不分先后）：

陈　昶　陈　峰　陈康荣　陈汉禄　陈虎平　陈嘉竞　陈　青　陈杨刚　陈一笑　邓艳铭　狄海明

董　翔　冯　强　高熙铸　葛士阳　龚金成　郭剑明　郭望森　何虹瑾　何志利　胡其军　黄　华

黄　莎　简　建　孔　亮　郎　磊　李晓霁　林华武　林佳雄　刘　备　刘　兵　刘光课　禄　毅

罗瀚洋　吕常喜　马成武　孟　月　弭宝健　潘宏南　潘　强　齐伟光　阙定昆　孙昌文　孙志生

唐睿毅　王芳芳　王久刚　王　冕　王秀伟　王　耀　王　毅　王　缯　吴　波　吴　鹏　吴喜腾

吴叶雄　夏德林　徐冬明　徐东艳　徐衍康　杨远翔　饶文峰　叶　萌　尹逸新　游　龙　于　光

谌志强　张　浩　张　贺　张龙展　张　明　张　琪　张　锐　张晓慧　张晓阳　张　勇　张　志

赵　坤　赵　伟　周　凤　周国鹏　朱玉喜　曾达夫　曾　杰　锦阳装饰　永锦装饰　珍品装饰

**图书在版编目（CIP）数据**

完美客厅三部曲之主题旋律——整体设计/中国建筑与室内设计师网，骁毅文化组织编写. —北京：化学工业出版社，2008.11
（完美客厅三部曲）
ISBN 978-7-122-03721-3

Ⅰ.完…　Ⅱ.①中…②骁…　Ⅲ.客厅-室内装修-建筑设计-图集
Ⅳ.TU767-64

中国版本图书馆CIP数据核字（2008）第141624号

责任编辑：王　斌　徐华颖　　　　　　　装帧设计：骁毅文化

出版发行：化学工业出版社(北京市东城区青年湖南街13号　邮政编码100011)
印　　装：北京画中画印刷有限公司
889mm×1194mm　1/16　印张4¼　字数100千字　2009年1月北京第1版第1次印刷

购书咨询：010-64518888（传真：010-64519686）　售后服务：010-64518899
网　　址：http://www.cip.com.cn
凡购买本书，如有缺损质量问题，本社销售中心负责调换。

定　　价：25.00元

# ♪ 序

客厅在家居中位置很重要，不但是全家人聚会、交流、娱乐的重要场所，还是会友待客的空间，因此如何装扮这块空间就变得尤为重要。它既是装修中最值得花钱的地方，也是设计师乐此不疲的追求之一。客厅的面积在家居空间中相对较大，空间也是开放性的，其功能分区要合理，这会直接影响到主人的生活。它的风格基调往往也是家具风格的主脉，风格和个性能通过多种方法来实现，如色彩、灯光、材料、配品等。客厅是独到的，每个细小的差别都能折射出主人不同的人生观、品位及修养。

客厅的设计是缔造独特生活的关键，无论用何种方式来展示自我，都需要源源不断的创意和灵感，多花点心思，必定会让你的家居生活与众不同。

本套丛书正是以满足不同人群的居住和生活需要为出发点，汇集了当代知名设计师最前沿最流行的客厅设计案例，分为《完美客厅三部曲之主题旋律——整体设计》、《完美客厅三部曲之时尚节拍——细部设计》、《完美客厅三部曲之靓丽音符——装饰设计》三册，涵盖了一个客厅设计中有可能涉及的各个方面的问题，包含大量客厅图片，配以简约的文字加以点评，希望读者在看书的同时，能激发灵感，提前感知自己的客厅到底是什么样子，进而参与设计出一个融入自己风格品味的客厅。

**《完美客厅三部曲之主题旋律——整体设计》**

客厅是居室的灵魂，无论大小，都是主人个性、品位、情调的最集中体现。打造客厅风格，绝不能"胡子眉毛一把抓"，一定要围绕居室主人最为突出的某一特点或个性而进行，最忌"容纳百川"。

一般说来，如果居住面积不太大，适宜选择现代风格、简约风格或田园风格，如有条件，也可选择中式风格。如果房间宽阔，天花很高，选择欧式设计较为适宜，因为这种空间环境与欧式风格陈设的高贵典雅、精致华丽相得益彰。而如果大客厅选择现代风格或田园风格，则需注意家居线条要柔和一些，色彩要丰富一些，否则，阔大的空间会产生空旷和单调呆板的感觉。

**《完美客厅三部曲之时尚节拍——细部设计》**

装修是讲究风格的，风格既是主人审美观的最集中体现，也是居室魅力的所在，因此，风格与魅力同源。要想达到风格与魅力同源，装修的细节绝对不能含糊。客厅的墙面、地面、顶面、过道、楼梯、玄关、隔断都是客厅的重要组成元素，要坚持把握和尊重各细节的相互衔接、风格特点互融的原则，绝不可头脑一热，心血来潮，因细节的失误而造成在风格上的整体缺憾。

**《完美客厅三部曲之靓丽音符——装饰设计》**

完美的客厅还需配以相应融合的家具和灯光、配饰、绿植、收纳等，反之再完美的客厅设计也会因家具和配饰的不足而导致整体的失败。不妨试试逆向思维，先挑选决定好家具，再根据家具的风格考虑用什么样的装修方式，最后再搭配配饰、灯光、绿植等，达到整体和谐、统一的目的。

在此感谢为本书提供饰品图片和案例图片的设计师以及推动此事进行的邓毅丰、黄肖、刘洋、王勇、刘文杰、王贵宏、华颖、于庆涛、潘伟强、骆晓芳、彭书勤、王敏、陈艳、吴媛媛、李军歌、李峰、葛卫娜，正是由于他们的鼎力支持，本套书才能顺利完成。

# 目 录 CONTENTS

1    现代风格

14   简约风格

25   个性风格

36   田园风格

44   欧式风格

54   中式风格

现代风格也称功能主义，是比较流行的一种家居风格，注重空间的功能与布局，提倡根据功能与新技术、新材料来创造新样式，追求的是一种优良品质所演绎出来的精华。现代风格的最大特点是简洁、明了，抛弃了许多不必要的附加装饰，以平面构成、色彩构成、立体构成为基础进行设计，特别注重空间色彩以及形体变化的挖掘。装饰材料与色彩设计为现代风格的室内效果提供了空间背景。在选材上已不再局限于石材、木材、面砖等天然材料，而是将选择范围扩大到金属、涂料、玻璃、塑料以及合成材料。在色彩上更是不拘一格，整体效果以简洁明快为主。

中图　直线与弧线的结合，典型的现代风格设计。

左图 现代风格追求的是实用性和灵活性，通过吊顶的变化和呼应来表达不同功能空间的划分，让空间更具整体性。

下图 空间体现一种现代的节奏感，反映了人们追求舒适与现代时尚的心态。

左上图 客厅布置温润柔和，尽显迷人的现代空间气质。

左下图 白色和褐色的和谐搭配，点缀玻璃茶几，融合在现代居室里，简洁、实用、美观。

下图 硬朗的直线条简洁、现代，表达一种清新和时尚。

左图 简单的直线条以简练的方式在空间融合，不浮夸，不做作，以一种低调的方式演绎一个纯净的天地。

右下图 简洁的吊顶设计，搭配现代风格家具与灯饰，节省型的现代风格。

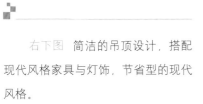

右图 褐色的客厅显得稳重，一盏弧形的金属落地灯为空间增添了几许轻盈。

右下图 空间强调色彩对比，大面积的白与小面积的红，形成视觉焦点。

上图 长条形的客厅不分隔会显得沉闷，分隔会显得零碎；不妨用直线天花吊顶统一空间，用地面材质、颜色的不同的区分客厅和餐厅。

中图 没有多余的装饰，温暖的色调、柔和的灯光提高了空间的舒适度。

左上图 客厅很简洁，温暖的灯光和绿色植物点缀着这素雅的生活。

左图 现代客厅往往面积不大，无需过多的装饰，温暖的色调就能呈现家的温馨。

右上图 红色的大面积运用，加以简洁的线条处理，体现一种成熟的现代美。

下图 造型独特的茶几是现代客厅的首选，活跃了家居气氛。

右中图 天花、墙面、地面都是白色的，避免了小客厅的视觉压抑。

右上图　红白的局部对比增强了空间的视觉冲击力。

下图　流畅的线条，简洁的设计，整个客厅舒适、稳重、美观。

上图　洁白的墙面与黑色装饰画对比相当悦目，米色沙发则避免了黑白对比的单调，活跃了室内气氛。

左下图　舒适、雅致的客厅里光影流动，为简洁现代的客厅增添了一份韵味。

右图 灰色的客厅现代
中不失柔和，与壁纸、装饰
画的搭配相得益彰。

左图 灰色的电视背景
强原本有些暗哑，但由于有
了红色线条的点缀，增添了
艺术感，且毫无突兀。

左上图　白色和木色作为空间的基本色调，在后期配饰上点缀色彩丰富的靠垫，增添了空间情趣。

右中图　素雅的色调营造出明快的家居氛围。

右上图 直线条是现代风格的代表，而黑白两色的对比则体现出时尚。

左图 在大空间里合理地运用跳跃性的色彩，和谐而又富有生气。

右下图 素雅、现代的环境、开敞的空间给人豁然开朗的感觉。

简约就是简单而有品位。这种品位体现在设计上的细节的把握，每一个细小的局部和装饰，都要深思熟虑，在施工上更要求精工细作，是一种不容易达到的效果。现代简约风格运用新材料、新技术建造适应现代生活的室内环境，以简洁明快为主要特点、重视室内空间的使用效能，强调室内布置按功能区分的原则进行家具布置与空间密切配合。

在追求时尚的今天，简约风格实际上代表的是一种生活情调。在这种对情调的品味中，渗透着对生活和生命的感悟。对于繁忙的城市生活，拥有一个简单舒适的生活空间是大多数人的愿望。试想一下，在紧张繁忙工作了一天之后，回到属于自己的一隅天空，触目可及，简简单单，毫无他物之累赘，尽显简洁空间，一切都是这么的舒适，不带一丝繁杂，你是否能触摸到一种真实：生活就是这么简单。

上图 黑白灰是简约风格永远的主流颜色，给人沉稳、干练的感觉，展示出现代风格的爽快与冷静。

下图 在这个白色空间里，面积不大的黑色恰到好处地点缀其中。

左图 经典的黑白对比，简约而不简单。

右上图 独具匠心的灯光设计让这简约空间富有层次感。

上图 有趣的吸顶灯给人带来一种不受约束、享受自由的感觉。

右图　白色的吊灯在素色的空间里显得格外恬静，让简约的空间充满暖意。

左图　简约的空间里，最引人注目的就是墙上的装饰画。加强了局部的色调，显得格外夺目。

左图 虽然米色的面积不大，但是，恰到好处的处理使白色的空间增添了值得品味的细节。

上图 整体空间没有多余的装饰，富有张力的线条和造型，让生活变得更为自我和纯粹。

右图 红色是这白色空间的亮点，灯光的映射，为居室带来一种迷人的光彩。

左图 电视背景墙成为白色空间的焦点，使得空间恬淡而又不失活力。

右下图 客厅空间不大、家具不多，但少而精的装饰为空间带来了生机。

右中图 跳跃夺目的电视背景强让客厅多了一份俏丽。

右下图 红色、黑色作为白色空间的点缀，看似简单，却在低调中展现不凡的品位。

左上图 在简约的空间里，主张废弃多余的、繁琐的附加装饰，在色彩和造型上追随流行时尚，这不仅是对简约风格的遵循，更是个性的展示。

左上图　流畅简洁的线条、简雅朴实的格调，简练中不失内涵与个性。

右下图　硬朗的直线，平滑的曲线，给人不同的视觉享受。

左上图 在简约的空间里，少了些繁杂，多了些纯净；少了些摆设，多了些实用性。

下图 客厅并无过多的装饰，温润的木色即让空间沉稳、内敛。

上图 没有过多的造型，而是充分利用空间结构，营造了简洁、敞亮的空间环境。

下图 无常规的空间解构，大胆鲜明对比强烈的色彩布置，以及刚柔并济的选材搭配，无不让人在冷峻中寻求到一种超现实的平衡。

随着每个年龄段人们的生活阅历、社会经验、文化层次等的不同，对家居装饰风格的理解也不尽相同，有的中意于雍容华贵的欧式风格，也有的倾心于质朴回归的田园风格或简约凝练的简约风格。同样，在这个个性张扬的年代，我们也没有理由拒绝拥有属于自己的个性之家。新颖的空间解构形式，别具一格的选材搭配，大胆鲜明的色彩对比，另类个性的陈设布置，是个性家居的主要元素。

右图　恰到好处的红使电视背景墙变得格外独特，成为整体空间的亮点。

上图 快乐的感觉源于明快的色调和亲近人的材质的协调搭配，整个空间充满了阳光的温度。

左图 整体空间没有过多的装饰，毫不修饰的纯净和简洁大方正是其不俗之处。

下图 整体空间并不十分张扬，冷峻的灰和清新的绿摆在一起却给人一种独特的色彩感受。

左图 条纹是客厅的主要装饰元素，因为用途和造型的不同，在对比中有变化，营造一个别具一格的客厅。

左上图　充满质感的墙面与平滑的地面和顶面轻松产生对比，增添了空间的层次感。

右图　黑色的电视背景墙冷峻而个性，米色能淡化黑色的冰冷，使空间充满暖意。

上图 高低错落的吊灯自上而下，让这简单的空间充满情趣。

下图 别用心才的墙面装饰，让客厅充满了趣味。在这样的环境里，人的心情自然也会好一点。

右上图 时钟以不同的姿态出现，创造出独特的风格。

上图 独特的墙面与顶面设计，打破了常规的空间关系，创造出别样的空间感受。

■▶

左图 注重紫红色系之
间的变化，营造空间的层次
感。

右下图 用别样的手法
营造空间，注重色彩、肌理
与质感的融合，给人一种平
面构成的美感。

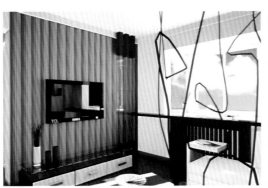

右中图 丰富的色彩以及刚柔并济的材质搭配，表现的是一种"艺术人类"的生活方式。

左图 客厅的面积很小，但极具个性的装饰画和沙发营造出空间绚丽的色彩效果。

上图 夸张的设计，有悖常理的造型与色彩，以及另类的装饰手法，无不凸显着主人的与众不同。

左图 冷峻的灰色作为客厅的主调，同时用红色作为点缀和调剂，打造一个冷酷而又个性的家。

左下图 光线从横条玻璃墙面中折射出来，带来魔力般的效果，让空间高雅而迷幻。

左上图 多种元素的混合运用，突出材质本身的设计语言，流露出主人释放个性的生活追求。

左中图 明快的色彩，与众不同的造型设计，张扬个性的同时却不失雅致。

右上图 靓丽的色彩、浪漫的格调，体现出独特而大胆的空间品位。

左上图 顶面和墙面的分割看似随意，却给人一种和谐的平衡美感，碎花的壁纸也给空间带来了自然气息。

田园风格带给人的一种自然的美感，设计上讲求心灵的自然回归，用充满浪漫的手法来表现出来，再把一些精细的后期配饰融入设计风格之中，充分体现悠闲、舒畅、自然的田园生活情趣。田园以它的自然和充满生活气息的的魅力正吸引着越来越多的人抛弃都市的冷艳与繁华，加入到追求自我放松的家园生活中来。田园式的家居不可抵挡地成为都市人家居设计的一种时尚。

上图　田园风格客厅不可缺少的是明媚的阳光和令人神清气爽的微风。

右图　带有浅色图案的壁纸和布艺装饰，呈现一种略带古典的田园风情。

右下图　大花的壁纸搭配黑白装饰条，让墙面充满自然气息的同时也不乏个性。

左图 客厅给人轻松愉快的假日感觉，空间整体风格朴素自然又不失典雅。

右图 别致而独特的墙面装饰让客厅中满了韵律感，温暖的色调则给人带来无比愉悦的心情。

左图　朴质的藤质与布艺结合的沙发、靓丽清新的地毯，明媚的阳光……所有的一切从整体上营造一种田园气息。

右图　在朴素的线条与实用的结构中，客厅给人以充满亲和力的良好印象。

左图　田园客厅给我们带来的除了浪漫，更多的是一种宁静温馨的感觉。

右下图　看似不经意的绿色植物让田园风格更为完整。

右上图 粉色的客厅颇具浪漫情调，竖条纹的壁纸增加了空间的视觉效果。

左下图 温暖的色调、碎花的图案是田园风格的重要元素，让人感觉清新宜人。

左图 大面积的天然材质的合理应用，让人仿佛置身于自然之中。

右上图 碎花的图案、柔美的色调弱化了空间的线条感，诉说着优雅、恬静的家居风情。

右中图 绿色成了空间的主角，给家居带来无限的清新甜美的气息。

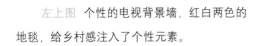

左上图 个性的电视背景墙，红白两色的地毯，给乡村感注入了个性元素。

下图 这样的搭配绚烂夺目而又恰到好处，给人一种夺目的感觉。

左中图 客厅用简洁的线条、自然的材质、含蓄清爽的色彩，充分显现出乡村的温馨与朴质。

欧式风格

传统的欧式风格，强调线形流动的变化，追求的是一种华丽、高雅；而现代的欧式风格更为注重室内的使用效果，强调室内布置按功能区分的原则进行，家具布置与空间密切配合。

欧式的客厅有的不只是豪华大气，更多的是惬意和浪漫。通过完美的典线，精益求精的细节处理，实际上和谐是欧式风格的最高境界。同时，欧式装饰风格最适用于大面积房子，若空间太小，不但无法展现其风格气势，反而对生活在其间的人造成一种压迫感。

右上图 古朴典雅，既有灵秀圆润的朴素之美，亦有大气稳重的古典韵味。

左中图 用华丽的手法打造空间，塑造尊贵又不失高雅、大气又不乏灵气的大户居家情怀。

下图 将现代元素与传统元素结合在一起，以现代人的审美要求来打造富有传统韵味的空间。

左中图　浅色突出了纯净和唯美、清雅，没有过多的装饰，勾勒出明朗的空间。

下图　丛整体到局部、从空间到室内陈设塑造，精雕细琢，给人一丝不苟的印象。

上图 整体空间体现了欧式风格的沉稳大气，精致的家具和饰品强化了空间的华贵。

左下图 欧式现代风格的典型，空间简洁明快、家具布置得当，装饰物也紧追流行时尚。

左上图　客厅保留了欧式风格的大气、雅致，用心品位，定能感觉空间散发的灵气与内涵。

右上图　家居的华丽不在于雕金画银，素色的空间同样能呈现一种复古的华丽风。

右图　古典与现代，隐隐的高贵与内敛，渗透在这客厅氛围中。

左上图 空间设计规整、大气，丰富层次感的同时又显得典雅柔美，且将细节的魅力发挥到极致。

左中图 软包、壁纸，典型的欧式元素搭配现代风格元素，在现代的设计手法下，重现古典与华丽。

右下图 黑白的搭配有着别的颜色无法代替的贵气与华丽，将高贵气质展露无余。

左上图 空间散发着一种金属的光泽，搭配红色、灰色、黑色，没有一丝零乱感，只有一种无法言传的明艳。

左中图 居室的格局明确，用独特吊顶设计隔开了客厅与餐厅，别致而兼具层次美。

右上图 强烈的色彩对比，让空间呈现浪漫、华丽的风格，同时也给客厅注入了些许异国情调。

左下图 在现代的设计手法下，西方与东方原色的完美结合，让客厅呈现一种与众不同的内涵与时尚。

下图 客厅华丽而现代，红色的点缀使金色少了几分浮躁，多了几分沉着的璀璨。

上图 华丽的水晶吊灯、雅致的欧式沙发、大面积的落地玻璃，勾勒出一幅典雅而奢华的画面。

右图 永不落伍的白色是设计的重点，为彰显白色的洁净细腻，搭配黄色的沙发，营造雅致的感觉。

左下图 朴质的家具在这大空间里呈现出一种大气，于低调中散发出恬淡的华丽。

右下图 又高又大的客厅用壁纸来装饰墙面，尽显华贵之余，还多了些许温柔活泼。

如今中式风格的家居越来越受人们的欢迎。现代的中式风格不仅仅在室内布置、线性、色调、家具及陈设等方面吸取传统装饰"形"、"神"的特征，给人以历史延续和地域文脉的感受；更是与现代生活完美结合，这种结合并不是简单的将中式与现代风格的合并或其中元素的堆砌，而是更多地利用后现代的手法，把传统的架构形式通过重新设计组合的方式以另一种民族特色的标志符号出现。

在中式装饰风格的客厅中，空间多采用简洁、硬朗的直线条。直线在空间中的使用，不仅反映现代人对简单生活的追求，更彰显了中式家具中追求内敛、质朴的设计风格。在中式家居的细节装饰方面，可选择的装饰物比较多，布艺、植物、装饰画、灯具等等，这些装饰物不需要太多，在空间中就能起到画龙点睛的作用。

上图 客厅的吊顶很独特，吊灯、家具、灯饰、配饰都流露出浓郁的中式风情，人在其中不会心浮气躁。

左下图 中式镂空的窗户设计满足了采光和通透的要求，再用同样的元素来装饰墙面，空间得到呼应的同时又给人带来了视觉享受。

上图 沙发对着的墙面颇为别致，在灯光的映射下独显韵味。端坐客厅，与友人、亲人畅谈之时，眼前便多了一道景致。

下图 白色对颜色较深的木色进行了调合，让原本沉稳的空间多了一份柔美。

右上图 为了避免中式家具颜色过于深沉，主人选用了颜色丰富的靠垫和白色的装饰画，使沉稳的空间不失灵巧。

左中图 中式客厅并非完全就是复古，而是将古典融入流行。这样的客厅，具有别样的风情。

右中图 装饰画、灯饰、家具的相互搭配，以现代人的审美需求来打造富有传统韵味的空间。

左上图 这个客厅并不复杂，褐色的地毯能烘托中式家具的沉稳内敛，适当的装饰起到画龙点睛的作用。

下图 在保持中式韵味的情况下，加入了新的时尚流行元素和风格，体现了主人对生活独到的理解。

左上图 既有中国传统装饰的风韵又融入了现代的装饰元素，使空间表情丰富、自然、和谐。

右下图 布艺的轻柔与中式家具的沉稳，散发着一种无法言传的耐人寻味的格调，体现了主人细腻的感情。

左上图　复古型的背景墙对客厅面积要求较高，因为复古家具的体量通常都比较大，加上电视与沙发必要的距离，客厅面积就不能小于30平方米。

左下图　淡雅的墨绿与木色相搭配，如中国山水画般，含蓄而高雅。

右上图　现代与传统的结合，更能体现出韵味。

右图　"留白"的美学观念控制着家居的节奏，显出大家风范。

左上图　中式图案的电视背景墙搭配现代家电，让空间同时拥有东方的朴实与都市的现代。

左中图　中式现代的客厅仍保留内敛、朴实的风格，为了舒适，常选用沙发。这样的空间，传统中透着现代，现代中揉入古典。

左上图　中国红与中式家具的完美结合，加上条纹的布艺沙发，把既定的中式风格进行了随意的发挥。

下图　主人对中式风格情有独钟，整个客厅端庄典雅、古色古香。

右图　装饰性很强的屏风变成背景墙，为空间注入了活泼、俏丽的气息，有效地衬托了主人崇尚现代、高雅的生活品位。

左下图　传统中式家具在现代的手法下进行了简化，更贴近现代家居生活。